在喧嚣
和寂静之间

MIĘDZY
ŁOSKOTEM A CISZĄ

WISŁAWA SZYMBORSKA

［波］

维斯瓦娃·希姆博尔斯卡

著

林洪亮 译

中国出版集团 东方出版中心

LUDZIE NA MOŚCIE

WISŁAWA SZYMBORSKA

1985

桥上的人们

(1985)

KONIEC I
POCZĄTEK

WISŁAWA SZYMBORSKA
1993

结束和开始

(1993)

CHWILA

WISŁAWA SZYMBORSKA

2002

瞬间

(2002)

LUDZIE NA MOŚCIE

WISŁAWA SZYMBORSKA

1985

桥上的
人们

波 动

诗人和作家，
大家都这样说。
是诗人不是作家，那又是谁——

诗人就是诗歌，作家就是散文。

散文包含一切，同样有诗歌。
但诗歌只能是诗歌——

根据诗歌发表的广告，
用大写的书写体 P 字，
写在长有翅膀的七弦琴的琴弦上，
我应该不是步入，而是飞入其中。

赤脚岂不是更好，
胜过穿上赫梅克产的皮鞋，
它会发出跺脚声、吱嘎声，
不自然地代替着天使。

假如这条裙子更长，更加拖地，
诗句不是来自提包，而是出自手，
来自节日、游行，来自大钟，
从乒到乓
ab，ab，ba——

在那边的舞台上摆了张小桌，
具有摄魂的功用。镀金的桌腿，
桌上的烛台点着明亮的蜡烛——

从中可以得出结论：
我必须坐在蜡烛旁，
读着我在普通灯泡下
用打字机嗒嘀嗒
写成的作品。

我不必过早地担心：
这是不是诗歌，

又是怎么样的诗歌。

在这种诗歌中，散文显得很难看，
但在散文中这种诗歌却很优秀。

这其中又有什么差别？
只有在半明半暗中，
在带有紫罗兰色坠子的
红色幕布衬托下，
差别才会显而易见。

过 剩

发现了一颗新星，
但并不意味着这儿会更亮，
也不说明我们欠缺的东西会再出现。

这颗星很大，距离很远，
远得看起来非常小，
甚至小于原来
比它更小的其他星星。
只要我们对它假以时日，
惊奇也就不会再发生。

星的世纪，星的物质，星的座位，
所有这些足够
写一篇博士论文。
拿出一瓶葡萄酒，
招待与天空有缘的圈子里的人，
天文学家和他的妻子，
还有他的亲属和朋友，

自然的气氛，随和的衣着，
谈论最多的是当地的话题，
还一边嚼着花生米。

美丽灿烂的新星
也不能作为借口，
不让我们为女士们，
为我们最亲的人的健康干杯。

这颗星并未带来什么结果，
它对天气、时装和比赛成绩，
对政府改组、财政收入
和价值危机都毫无影响。

它对宣传机关和重工业不起作用，
也不能反映出会议桌上的光彩，
更不能为屈指可数的生命增年添寿。

为什么这里还有人在问：
人是应某颗星星而出生，
也是应某颗星星而死去。

一颗新星
——至少应向我指出它的位置，
——是在这块散乱灰云的边缘
和左边那棵相思树的树枝之间。
——啊哈——我答道。

考古学

啊，可怜的人，
你在我的领域已取得不小的进步。
自从你称呼我为考古学，
已经过去了数千年。

我再也不需要
那些石雕的众神，
还有碑文清晰的残迹。

你只要展示你的一件东西，
我就能说出你到底是谁，
以及你的来龙去脉，
我都能娓娓道来。
发动机的残片，显像管的颈部，
一段电缆，散乱的手指，
甚至比这些还要更少、更少。

我所采用的方法，

你们那时还不知道，
我能在难以数计的物质中
发掘出以往的记忆。
血迹永存，
谎言会被曝光。
文件的密码会破解，
怀疑和欲望会大白于天下。

如果我想要的话
（我是否想要，
你也无法肯定），
我能深入到你那沉默的喉咙，
看看里面的情景。
我能从你的眼底深处，
读出你所观察的事物。
我还能从种种细枝末节中
看出你一生的期待，

除了死亡之外。

请给我展示你的虚无，
你身后留下的虚无。
我会从中建起一片森林，
一条高速公路、一座飞机场。
还有卑鄙、感情
以及倒塌的房屋。

给我看看你写的小诗，
我就会告诉你，
为什么它没有早一点
或晚一些问世。

啊，不，你误解了我，
快把这张满是涂鸦的
可笑的纸片拿走。

我最终需要的
是你的一撮泥土，
以及亘古以来就已
散去的焦煳气味。

一粒沙的
景象

我们称它为一粒沙，
但它既不称自己为粒，也不称自己为沙。
它无名地存在着，
既无笼统的名号，
也无专门的称呼，
既无短暂或永久的名称，
也无错误或正确的名称。

它毫不在乎我们的观看和触摸，
也不会感觉到自己的被看、被摸。
而它掉落在窗台上的事实，
那也只是我们的经历，
而不是它的经历，
无论落在何处对它都一样。
无法断定它已掉落
还是正在掉落。

从窗口可以望见湖上的美丽风景，

但湖上美景却无法自我观赏。
它无色、无形、
无声、无响、
无味、无痛，
存在于世界之中。

湖底无底，
湖岸无岸。
湖水感觉不出自己是湿还是干，
波浪是单个还是众多，
听不见它那低沉的响声
在不大不小的石头周围轰鸣。

万物发生在本无天空的天空下，
那里太阳落下又没有落下，
在那片不知道的云层后面，
它隐没又没有隐没，
风在吹，除了吹，

别无其他情由。

一秒钟过去了，
又过了第二秒，
第三秒，
但这仅仅是我们的三秒钟。

时间犹如传送快件的信使疾驰而过，
但这不过是我们的比喻。
虚构的人物、想象出来的速度，
传递的也不是人类的信息。

服 装

你脱下、我们脱下、他们脱下
大衣、女上衣、男上衣和女衬衫，
它们用呢绒、棉布和混纺制成。
裙子、裤子、袜子和内衣，
把它们放在、扔在、挂在
椅子的扶手上和屏风的两侧上。
现在，医生说，这并不严重，
我请你穿上衣服、休息、离开，
在饭后、睡前最好能享受一番。
等过一季、一年、一年半再来，
你看，你以为我们害怕，
你猜想他会指责你。
现在要用发抖的双手绑好、系紧
鞋带、暗扣、拉链、扣环，
皮带、纽扣、领带、衣领。
从袖子里、手提包里和口袋里，

拿出揉皱了的、有圆点的、有花的、
有网状的围巾，
它们突然变得更有用处了。

毫不夸张地
谈论死亡

他不会开玩笑，
不会观察星星和造大桥，
不了解织物、矿产和耕地，
不知道造船和烤制面包。

在我们谈论明天计划时，
他插入最后一句话，
但不涉及正题。

他甚至与他的专长
无直接的联系：
既不会挖墓穴，
也不会做棺材，
甚至连自己都不会收拾。

她总是忙于杀戮，
却干得不利索，
缺乏条理和技术，

就像我们这些初学者。

虽然她一再成功，
但也有无数次的失败，
无数次的击不中目标，
以及无数次的再试身手！

她有时软弱无力，
连空中的苍蝇都无法拍落。
在与一群毛毛虫的赛跑中，
他也屈居最后，惨遭失败。

这所有的根茎、荚角、
触角、鱼鳍、导管、
交尾期的羽毛和寒冬的绒毛，
证明她在费力的工作中
依然有许多缺陷。

仅有凶狠的意志还不够，
就连在战争和政变中，
我们的帮助也还是太少。

心已在蛋卵中跳动，
婴儿的骨骼正在生长，
种子已长出最初的两片胚芽，
地平线上会长成高大的树木。

谁认为死是至尊万能，
那他本人就足以证明，
死并不是无所不能。

无论是何种生命，
只要生存过一瞬间，
就会有永生的可能。

死神

总是在这时候迟了一瞬间。

徒劳地转动
那无形之门的门把手。
谁若是伸手去拉，
那它就缩不回来。

伟人故居

在一块大理石匾上用金字写道：
一位伟人曾在此居住、工作和逝世。
这些小路都是他亲自用砾石铺就，
这只石凳——不要碰——是他凿石而成。
请注意，我们经过三级台阶进入住房。

正赶上合适时机他来到了世上，
应该消失的一切也都在这房里消失，
不是在楼群中，
不是在装饰精致而空荡的长廊里，
不是在陌生的邻居中，
不是在连学校旅行
都难于攀登的十五层楼上。

他在这个房间里思考，
他在这个壁龛里睡觉，
他在这里会见客人。
肖像画、沙发、书桌、

烟斗、地球仪、笛子、
被踩坏的地毯和装有玻璃的凉台。
他从凉台上向裁缝或鞋匠点头致意，
他们给他制作合体的衣服和皮鞋。

他并不像镜框里的那些相片，
插在塑料笔筒里的钢笔也已干涸，
衣柜里有从商店现买的衣服，
从那个窗口看云彩比看人更清楚。

他幸福还是不幸，
这无关紧要。
他依然在信中倾吐自己的心声，
他从没有想过中途会被别人偷拆。
他依然在写详细而又坦诚的日记，
从不担心会在检查中失去。
最使他不安的是流星的飞落，
世界末日只掌握在上帝的手中。

他正巧不是死在医院里，
在不知是哪个白色的屏风后面，
幸好还有人在他身边，
记住了他那喃喃不清的呓语。

就像生活是有意的安排，
让他成就了几件事情。
他把书送去装订，
也没有从记事本上
把已死者的名除去。
他在房后果园里种下的树木
在他生前就已长得高大挺拔。
有宫廷的胡桃树、栎树和橡树，
还有红松树、落叶松和榉树[1]。

---

1 加点的词句原文为拉丁文。

白 天

他在山上找了家旅馆，
前往餐厅去吃午饭。
从餐桌旁朝窗外望去，
有四株云杉枝丫相连，
枝叶上的积雪尚未抖落。

下巴上留着一副尖尖的胡须，
秃顶、一圈白发、戴着眼镜，
一张粗糙而疲倦憔悴的脸孔，
额上皱纹密布，两颊长满疙瘩，
仿佛优美的大理石上裹了层泥土。
何时变成这样连他自己也不知道，
因为这种改变并非突然而是缓慢进行，
尽管他付出了代价但也得到了补偿，
他没有因此而早死。

多亏他最后一刹那低下了头，

才保住他的耳朵不被子弹打穿，
于是他才会说：我的运气真好。

在等待给他送上面条肉汤的期间，
他便阅读完了当天的那份日报，
报上有不少的大广告和小声明。
有时他还用手指去敲打桌布，
这是一双饱经风霜的手，
手上皮肤皲裂，青筋突出。

这时候，有人在门外大喊：
"巴琴斯基先生，有你的电话。"
这时来电话，一点也不奇怪，
于是他站了起来，拉了拉毛衣，
不急不忙地朝门外走去。

看到这种情景人们不会中断谈话，

有的还做着手势，有的并不屏住呼吸，
因为这种事很平常。但遗憾的正是
人们把这种事看得太平常了。

我们祖先
短命

只有少数人才能活到三十岁，
长寿成了石头和木头的特权，
童年也只有和狼崽一样的短暂，
应加快步伐才能赶上生活。
趁太阳尚未西沉，
趁初雪落下之前。

十三岁便成了儿女的双亲，
四岁便是芦苇丛中鸟巢的掏鸟者，
二十岁当上了狩猎行动的头领，
现在已没有他们这样的人。
今后也不会再发生，
巫婆在唠唠叨叨地念着咒语，
用的还是青年时代的全部牙齿，
儿子在父亲的眼皮底下茁壮成长，
在祖父的热切盼望中孙子来到世上。

不过他们并不计较他们的年龄，

他们考虑的是渔网、锅灶、窝棚和斧头。
时间，对于天上的星星是那么富裕，
但伸向他们的却是一只空手。
还迅速把手收回，仿佛对他们有害。
只差一步，只差两步，
就能走到那条波光粼粼的河流，
它从黑暗中流出，并在黑暗中消失。

从来没有浪费一分钟时间，
问题的提出也没有延误和推后。
只要这些问题没有得到及时的了解，
聪明不能等到白发苍苍。
在未明朗化之前他就应看得一清二楚，
在声音消散之前他就能听见一切声音。

善与恶——
他们知道得很少，
当恶获胜而善退隐时，

当善出现而恶在暗处隐匿时，
他们便了解一切。
善与恶都无法把对方战胜，
也不能把对方抛弃而永远不能翻身，
因此，快乐之中也包含着忧愁，
绝望之中也从不失去美好希望。
即使生命很长，
也总归短暂，
短暂得来不及给它增添什么。

希特勒的
第一张照片

这个穿着小外套的孩子是谁？
那是希特勒家的儿子，
小阿道夫！
他能否成为一个法学博士，
或者维也纳歌剧院的男高音？
这会是谁的小手、耳朵、眼睛和鼻子？
还有一个喝饱了牛奶的小肚子。
谁也不知道，他会成为出版家、
医生、商人还是牧师。
这双可笑的小脚会到哪里去旅行，
是到花园、学校还是到办公室，
或者去和市长的女儿结婚？
小宝贝，小天使，小点心，小乖乖，
当一年前他来到世上的时候，
天上和地上都出现过许多征兆：
天上的太阳，窗前的天竺葵，
手摇琴在院子里奏起的乐曲，
粉红色纸显示出的有利预兆，

还有母亲在产前所做的好梦，
一只鸽子出现在她的梦中，
多么令人欣喜的新闻。
快抓住它——这位期待已久的客人，
嘭，嘭，是谁？
是亲爱的小阿道夫在敲门。

奶嘴、尿布、围巾、摇铃，
是个男孩，感谢上帝，生下就很健康，
长得像他的父母，像篮子里的小猫，
完全像家庭相册里的其他孩子。
啊，也许现在我们不能让他哭叫，
因为摄影师正在黑布下按动快门。

阿特旦尔·克林格尔，布劳瑙的墓地街，
而布劳瑙则是个受到尊敬的小城，
有生意兴隆的商场，正直的邻居，
散发出发酵糕点和灰肥皂的香气，

听不到狗吠和匆忙的脚步声。
历史教师正在松开他的衣领，
面对着练习本在打瞌睡。

世纪的没落

我们二十世纪本该
比以往世纪更加美好。
但已来不及证明。
在屈指可数的岁月里，
它步履蹒跚，
呼吸短促。

不该发生的事
发生得太多，
而应该发生的事
却一直没有发生。

在这些该发生的事情中，
就有春天和幸福。

恐惧早该离开山峦谷地，
而真理要比谎言
更迅速地达到目的。

34

其他的一些不幸，
该不会再次发生，
比如饥饿、战争，
以及别的灾难。
应该尊重无助的人，
他们的无能为力、忠诚
和其他品行。

谁要想享受世界的欢乐，
那他就无法完成
他所承担的任务。
愚蠢并不可笑，
聪明也不快乐。

希望
也不再是年轻的姑娘，
如此等等。真遗憾。

上帝终于信任
善良而有力的人，
但善良和有力
依然是两类人。
"如何生活？"有人来信问我，
但我也正想问他
同样的问题。

就像上面所出现的情形，
总是那样相似，
再没有比天真的问题
更让人着急了。

时代的孩子

我们是时代的孩子，
这是个政治的时代。

所有你的、我们的、你们的、
白天的、晚上的事情，
全都是政治的事情。

不管你喜欢还是厌恶，
你的基因都含有政治的历史，
你的肤色都含有政治的因素，
你的眼睛也具有政治的洞察力。

你的话能引起别人的共鸣，
你的沉默也都具有
某种政治的含义。

即使你在森林中漫步，
那也是在政治地盘上

迈开你的政治脚步。

非政治的诗摆脱不了政治，
月亮在空中高高照耀，
那已不是月亮的客体。
是或不是，这是个问题[1]。

是什么问题？亲爱的，告诉我：
这是个政治的问题！

你不必成为人类，
才能获得政治的意义，
只要你变成石油、
饲料和再生的原料。

---

1 这一句与莎士比亚《哈姆雷特》中的名句"生存或者灭亡，这是个问题"
类似，此处明显为假借反讽。

或者变成会议桌，
其形状是圆还是方，
那是生死攸关的问题，
足以让他们争论好几个月。

这时，人们正在死亡，
野兽在倒毙，
房屋在燃烧，
田园在荒芜，
如同在远古
很少谈论政治的时代。

酷 刑

什么也没有改变，
肉体会感到疼痛。
它需要吃喝、呼吸空气和睡眠，
它皮肤薄嫩，皮下流着血液，
它有足数的牙齿和指甲，
它的骨骼易断，关节伸展自如，
在酷刑中，这一切都会受到关注。

什么也没有改变，
只有肉体在发抖，
一如它在罗马建立之前和之后。
在公元前和公元后的二十世纪，
酷刑依然如故，唯有地球在变小，
无论何事都和隔壁发生的一样。

什么也没有改变，
只有来的人更多，
除了旧的罪犯又来了新的，

真实的，假想的，暂时的，虚有的。
但是肉体对它们做出反应时的喊叫，
过去、现在和将来都是无辜者的喊叫，
保持着早已确立的尺度和声调。

什么也没有改变，
除了举止、仪式和舞蹈，
但是双手保护脑袋的动作
却总是一模一样。
身体在扭曲、撕扯、挣扎，
它双腿发软、跌倒和膝盖弯起，
它发青、发胀，口吐白沫，血流不止。

什么也没有改变，
除了河水在流淌，
除了片片森林、堤岸、沙漠和冰川。
灵魂在风景中遨游，
消失、返回、接近、离开，

连自己都感到陌生，不可捉摸，
时而确信，时而怀疑自己的存在，
肉体却存在着、存在着、存在着，
但无自己的安身之地。

填写简历

需要做什么？
需要写申请，
再附上一份简历。

不论你活了多久，
简历都必须简短，
要求精练，选好事实，
把景物描写换成通信地址，
把模糊的记忆写成笃定的日期。

爱情只需填写婚姻，
儿女只用写上已出生的。

谁认识你比你认识谁更重要，
至于旅行，只需填出国的就行，
应填属于何党何派，但不必写原因，
要写上你获了奖，但不用说明。

填表的格式就像你从未见过你自己，
也从未和自己说过话似的。

至于家里养的狗、猫和小鸟，
纪念品、朋友和做过的梦，
则可略而不提。

价格比价值更重要，
职务比内容更可贵。
要紧的是皮鞋的号码，
而不是它到何处去。
职业是否体面有着重大的影响。

还要附上你露出耳朵的照片，
更看重的是外表而不是听见的传闻。
听见了什么呢？
是碎纸机运转的响声。

同死者
密谈

在什么情况下你梦见死者？
你是否会在睡前常想他们？
是谁首先出现的？
是否总是他一个？
名字？姓氏？坟墓？忌日？

他们和什么有关系？
是旧友？亲戚？祖国？
他们是否会告诉你来自何处？
谁站在他们后面？
除了你，还有谁梦见过他们？

他们的脸是否和相片上的一样？
是否随着岁月流逝而变得苍老？
他们是否健壮？是否憔悴？
被谋害者的伤口是否已痊愈？
他们能否记得是谁杀死了他们？

他们手里拿的什么，你把它们描述一下。

腐烂的？生锈的？烧焦的？发霉的？

他们的眼里是什么——威胁？乞求？还是其他？

你们是否只谈到了天气？

小鸟？花？蝴蝶？

他们没有提出令你难堪的问题？

你那时候是怎样回答他们的？

是审慎的沉默，

还是突然改变梦中的话题，

或者及时地醒来？

葬 礼

"太突然了，谁也没有料到。"
"压力和香烟，我曾警告过他。"
"无论如何，我要谢谢你。"
"把这些花打开。"
"他哥哥也死于心脏病，一定是遗传。"
"这满脸胡子都让我认不出你来了。"
"这怪他自己，什么都想插一手。"
"这个新来的人要讲话，我从未见过他。"
"卡热克在华沙，塔德克在国外。"
"只有你聪明，你把伞带来了。"
"那又怎样，尽管他比他们都能干。"
"这是过厅，巴希卡不会同意。"
"是的，他有理，不过另有原因。"
"油漆过的小门，你猜多少钱？"
"两个蛋黄，一勺糖。"
"这不是他的事，他干吗来这里？"
"清一色绿的，而且都是小号码。"
"五次了，一次也没有答复过。"

"就这样吧，凡是我能做到的你都能做。"

"真是不错，她还有这份工作。"

"啊，我不知道，也许是亲戚。"

"确实是贝尔蒙多神父。"

"我还没有到过墓地的这一带。"

"一星期前我做梦就有预感了。"

"女儿长得不丑。"

"正等着我们大家哩！"

"请代我向未亡人致意，我应该赶得上。"

"不过用拉丁文说，要更庄严。"

"曾经有过，但都过去了。"

"再见，夫人。"

"也许能去喝杯啤酒。"

"打电话来，我们再谈谈。"

"坐四路车还是坐十二路车？"

"我走这边。"

"我们走那边。"

开始了的
故事

孩子出生时
世界从未做好准备。

我们的船队还未从文兰迪亚返回。
我们的前面还有座圣戈萨德山峦。
我们在托尔沙漠中迷失了方向。
经过了许多运河才到达市中心，
要想方设法去觐见哈拉德·奥塞尔德国王
并等待着福切部长的下台。
一直到了阿卡普尔科
一切才又重新开始。

我们用于包扎的纱布、火柴、
单据、木杆和水都差不多完了。
我们没有载重汽车和明朝皇帝的支持。
一匹瘦马也买不通一位州长。
直到现在还没有俘虏的任何消息。
我们也没有找到御寒的温暖洞穴，

和一个懂得哈拉利语的人。

我们不知道在尼尼瓦能信任谁。
那里的红衣主教会有什么条件？
贝利亚的抽屉里还有谁的姓名？
有人说：卡罗尔·莫沃特
明天一早要打他的侍从，
如此一来我们只有缓和
同奇奥普斯的关系。
自愿表示友好，
改变我们的信仰，
假装我们是为数不多的朋友，
与克瓦贝部落毫无关系。

是到了点起火堆的时候，
该给查别佐夫的外婆发去电报。
该去解开牧民帐篷上的皮带结。
为了让分娩变得轻松，

孩子出生得更加健壮。
为了孩子的幸福，
越过各种灾难深渊。
让他的心更坚毅，更能承受压力，
让他的理智更敏锐，更富远见卓识。

这并不是说，
要他能预见未来。
啊，至尊的上帝
请不要赐予他这种天赋！

色情文学问题的
发言

没有比思想再坏的堕落了，
这种放荡犹如种植秋海棠的花圃，
被风吹来的莠草猖狂蔓延。

对于那些有思想的人，没有什么事物是神圣的，
厚颜无耻地直呼事物的名字，
颠倒是非的分析，放荡淫逸的综合，
野性和情欲追逐赤裸裸的事实，
肉体的欢快，刺激的主题，
繁殖不同见解的温床——正是他们的追求。

在光天化日或在夜幕的遮掩下，
他们成双成对、三角关系和轮奸，
毫不受伙伴年龄和性别的限制。
他们的眼睛发亮，两颊绯红，
堕落的朋友再去勾引别的朋友。
放荡的女儿腐蚀她们的父亲，
寻欢作乐的哥哥诱奸自己的妹妹。

他们对于知识树上的禁果

别有一番滋味来享受，

而不要插图杂志上的粉红色乳房。

基本上全都是头脑简单的色情文学，

他们觉得有趣的书里并没有图画。

唯一引起他们愉悦的是书中的特殊词句，

他们会用指甲或蜡笔在句子下面画上重点。

多么使人震惊的姿势，

多么放荡的单纯，

感觉能滋生出别的感觉！

丑态百出就连《爱经》[1] 也是闻所未闻。

在这些幽会中，只有茶在冒热气，

人们坐在椅子上，嚅动着嘴唇，

1《爱经》是印度婆罗门教的经典之一，也是印度八世纪有关性爱技巧的
一部书。

每个人都各自跷起了二郎腿，
好让一只脚踩着地板，
另一只脚悠闲地在半空中摆动。
但偶尔会有人站起身来，
走到窗边，
从窗帘的缝隙里
窥视外面的街景。

躲入方舟

大雨滂沱，久下不停，
躲入方舟。否则能去哪里，
只有无人应和的诗歌，
个人的激情，
无关紧要的才华，
不必要的好奇，
范围不大的悲哀和恐惧，
从六个方面去观看事物的愿望。

河水猛涨，已漫过河堤，
躲入方舟。半明半暗而又柔和，
调皮任性，图案装饰，注重细节，
愚蠢的特殊性，
忘记了的记号，
灰颜色的无穷变化，
嬉戏的游戏
和欢快的眼泪。

目力所及是滔滔洪水和雾中的地平线，
躲入方舟。

遥远的未来计划，
种种不同的欢乐，
使好人感到惊喜，
选择不要精确到二选一，
过时的疑惑，
思考的时间，
相信这一切，
终将会有益。

考虑到
我们依然还是儿童，
童话应有完美的结局。

这儿同样不适合有别种结果。
雨已停，

浪已息。

逐渐明朗的天空,
乌云在消散。
云彩又会重新
飘荡在人们头上。
高傲,但并不严肃,
真实而又可信,
向着在阳光中干燥的
幸福之岛,
向着山羊,
向着菜花,
向着尿布。

可能性

我愿看电影，
我愿要小猫，
我喜欢瓦尔塔河畔的橡树，
我喜欢狄更斯胜过陀思妥耶夫斯基，
我喜欢令我喜欢的人
胜过我对人类的爱，
我喜欢预备好针线，
我喜欢绿色。
我宁愿不去论证，
理智应为人人所有。
我喜欢例外，
我喜欢早出，
我宁愿和医生谈论别的事情。
我喜欢条幅上的老画，
我喜欢写诗的笑话
胜过不写诗的笑话。
我喜欢爱情的非整数的纪念年，
而不是天天都纪念。

我喜欢道德说教者，

他们从不对我许诺，

我喜欢轻易就能使人相信的善良。

我喜欢民用的土地，

我喜欢被征服的国家

胜过征服的国家。

我喜欢提出警告，

我宁愿要混乱的地狱

胜过有秩序的地狱。

我喜欢格林的童话胜过报纸的前几版。

我喜欢无花的叶子

超过无叶的花朵。

我喜欢没有剁去尾巴的狗，

我喜欢浅色眼睛，因为我是黑眼珠。

我喜欢抽屉，

我喜欢这里不想列举的许多东西

胜过同样多的不想列举的人。

我喜欢自由的零

胜过顺序排列的数字。
我喜欢萤火虫胜过有星星的时间，
我喜欢敲打，
我不喜欢去问：
还要多久，什么时候？
我宁愿去注意这种可能性，
存在必有其存在理由。

奇迹市场

普通的奇迹：
发生了许多普通的奇迹。

平凡的奇迹：
一些看不见的狗，
深夜在吠叫。

许多奇迹中的一个：
一片小小的轻云，
能遮住又大又重的月亮。

几个组合成一个的奇迹：
一棵桤树映在水中的倩影，
而且是从左向右移动，
树尖在朝下生长，
但又未接触到水底，
虽说水很浅。

一个日常出现的奇迹：
温柔的轻风，
却在暴风雨中刮起。

最美好的奇迹：
母牛就是母牛。

另一个不错的奇迹：
正是这个果园
由这粒种子生长而成。

没有穿长礼服、戴大礼帽的奇迹，
也没有纷纷起飞的白鸽。

奇迹——该如何去称呼：
今天太阳在三点十四分升起，
并将于二十点零一分落下。

不会使人们十分惊讶的奇迹：
虽然手指头少于六个，
但却比四个要多。

奇迹——只要向四周看看，
世界永远存在。

额外的奇迹，一切事物都是额外的，
所有不可想象的事物
都成了可以想象的。

桥上的人们

奇怪的星球，上面住着奇怪的人们，
他们屈从于时间，但又不愿意承认，
他们有表达他们的反对的种种方式，
他们画些小画，例如下面这幅画：

初看一眼，并无特别之处。
你看见了河水，
你看见了河岸，
你看见一条小船吃力地逆流而上，
你看见水上有桥，桥上有许多行人。
他们显然在加快脚步，
因为从大片的乌云中
倾盆大雨刚开始落下。

问题是，接下去什么也没有发生。
乌云没有改变它的颜色和形状，
雨也没下得更猛烈，但也没停止，
小船一动不动地漂浮着。

桥上的人们
还像片刻之前那样奔跑。

很难在这儿不做一番评论：
这完全不是一幅天真的画。
在这儿，时间被阻止了，
时间的法则已被忽视，
它对事物发展的影响力已被消除，
它受到了侮辱和唾弃。

幸亏有一位叛逆者，
他就是
歌川广重[1]，
（这个人恰好
早已规规矩矩地死去了），
时间被绊了一跤，摔倒了。

---

1 歌川广重是日本江户时代画家，主要画作有《日本桥》等。

也许这是一个毫无意义的恶作剧，
一种只包括两个星系的怪诞举止，
但是我们还应加上下面的几句话。
这里的人都一致认为，
应该高度评价这幅小画，
让一代一代的人欣赏它，并为之感动。

但是有些人却认为这评价不高，
他们甚至听见了大雨的哗哗声，
感受到脖子上和肩背上的冷雨袭人，
他们注视着桥和桥上的人们，
仿佛看到自己也在他们中间。
也在那场奔跑不息的奔跑中，
沿着一条无穷无尽的道路，
一直要奔跑到永恒。
而且他们竟然傲慢地相信，
事情真的就是这样。

KONIEC I
POCZĄTEK

WISŁAWA SZYMBORSKA

1993

结束和
开始

天 空

天空——我们由此而开始，
一扇没有窗框、窗台和玻璃的窗户，
一个大口，别的一无所有，
却大启大开。

我不用等候一个明朗的夜晚，
也不用伸长脖颈
去仔细仰望天空。
天空在我背后、在我手中、在我眼皮上。
天空把我紧紧包围，
从下面把我高高举起。

就连最高的山峰
也不比最深的峡谷
更接近天空。
任何场所都不比别的场所
拥有更多的天空。
一片云被天空压碎了，

像一座坟墓那样无情。
一只田鼠向天空上升，
有如一只挥动翅膀的猫头鹰。
坠入深渊的物体，
那是从天空落入天空。

颗粒状的、液体状的、岩石般的、
燃烧的和飞翔的，
大片大片的天、碎屑的天，
一阵阵、一段段的天，
永远存在的天，
甚至隐没在皮肤之下的暗处。

我吃天，我排泄天，
我是陷阱中的陷阱，
我是定居下来的居民，
我是被拥抱的拥抱，
我是回答问题的问题。

天空和大地的划分，
不是最合适的方法，
在考虑整体的时候，
只允许其中的一个，
生活在更为详细的地址里。
而且很容易找到，
如果有人要找我。
我的明显的特征
是惊喜和绝望。

有些人
喜欢诗

有些人喜欢诗，
也就是说不是全体，
甚至不是大多数，而是少数。
不算必须阅读诗歌的学生
和诗人们自己，
而诗人只占千分之二。

他们喜欢诗，
也同样喜欢面条肉汤，
还喜欢恭维吹捧和蓝色。
他们喜欢旧围巾，
也喜欢表现自己，
还喜欢抚摸小狗。

诗歌，
可诗又是什么。
如果你向他们提问，
他们的回答支支吾吾，

都在这个问题前败倒，
我也不懂，不知道，
但还是紧紧抓住它，
就像抓住救命的栏杆。

无需
标题

既成的事实是，
在一个阳光灿烂的早晨
我坐在河边的一棵树下。
这不过是小事一桩，
决不会载入史册。
这不是战役和条约，
缺少加以研究的动机，
也不值得暴君、刺杀者铭记在心。

但我坐在河边，这是事实。
既然我已在此，
那我必定是来自某处。
在这之前
我一定去过许多地方，
如同一些国家的征服者，
当他们登上甲板之前，
一定去过许多国家。

即使短暂的瞬间
也有其辉煌的历史。
自己的星期五在星期六之前，
它的五月在六月之前。
有自己真实的地平线，
如同指挥官在望远镜中所看到的。

这棵树在此植根已许多年，
这条拉巴河也不是今天才流水。
这条穿过荆丛的小路
也不是前天才开辟出来。
风要把云吹散，
就必须早早来此刮起风来。

虽然附近没有发生什么大事，
但世界也不会在细节上变得更贫乏。
总要比过去被流浪人群占领的时候

更难于确定，更不好解释。

寂静伴随的不仅是阴谋活动，
不单是加冕礼上需要理性的侍从，
不单是起义的周年需要各处庆祝，
就像庆祝岸上的圆卵石那样。

事件的帷幕织得如此严密和复杂，
蚂蚁被绣进了草里，
草被缝在泥土中，
浪花以嫩枝形状绣成。

真是巧合，我就在那里，我在观看，
我的头顶，有只白蝴蝶在空中抖动着翅膀。
为它所独有的翅膀撒下的影子
正好掠过了我的手掌，
不是别的，不属于其他，只是它自己的影子。

当我看到了这些，我很难确信
这些重要的东西
会比不重要的更重要。

结束与
开始

每次战争过后，
总会有人去清理，
而战场的收拾整洁，
是不会自己收拾自己的。

总要有人把瓦砾
扫到路旁边，
好让装满尸体的大车
畅行无阻地驶过。

总要有人去清除
淤泥和灰烬，
沙发的弹簧，
玻璃的碎片
和血污的破衣烂衫。

总要有人去运来木头，

好撑住倾斜的墙壁，
给窗户装上玻璃，
给大门安上搭扣。

这些工作不会一蹴而就，
它们需要时月。
所有的摄影机
都已去参加另一场战争了。

桥梁需要修复，
车站需要重建，
卷起的袖口
已经破成了碎片。

有人手里拿着扫帚，
仍会想起发生过的战争。
有些人听着，

频频点他未被击破的头。
有些人开始东张西望，
感到枯燥乏味。

时常有人
在树丛下挖出
锈坏了的刀枪，
并把它们丢进了废物堆。

那些经历过
这场战争的人，
得把位置让给
对战争了解较少的人，
了解很少的人，
甚至一无所知的人。

还有人会躺在

产生前因
后果的草丛中，
嘴里咬着草根，
眼睛望着浮云。

仇 恨

你们看，我们世纪的仇恨
依然是那样的工于心计，
依然是那样的得心应手。
它轻易地跨越一切障碍，
它迅捷地扑上来将你打倒。

它不像其他别的感情，
新仇旧恨会同时产生。
这本身就是引发事故的起因，
而起因又激发起它的活力。
如果它睡了，也从不睡死，
失眠不会让它失去力量，
反而会使它勇气倍增。

任何宗教——
只要仇恨能准时就位。
任何祖国，
只要仇恨能拼力起跑。

正义起初也同样卖劲，
随后便是仇恨奋力冲刺。
仇恨啊，仇恨！
你的那张脸孔
为情爱扭曲得难认。

啊哈，至于别的感情——
既软弱无力又行动迟缓，
何时开始能依靠人们的博爱？
什么时候开始，同情心能够
第一个冲到终点？
怀疑能获得多少个追随者？
只有仇恨才知道自己的吸引力。

能干的、让人接受的、勤奋的仇恨，
用不着说已为它创作了多少歌曲，
它为史书增加了多少页数，
占据了多少广场和体育场，

人们为它铺设了多少地毯。

我们用不着欺骗自己，
它能自己创造美。
仇恨之光在黑夜中是多么辉煌，
粉红色黎明时爆发出神妙的光柱，
甚至对废墟也难以拒绝热情
和调皮的幽默。
它们上面屹立着坚挺的圆柱。

在喧嚣和寂静之间，
在红血和白雪之间，
仇恨是对比的大师。
超乎一切的是仇恨，
它从不对瘦弱的杀手
和强壮的牺牲者
这一主题感到枯燥乏味。

它时刻准备着去接受新的任务，
如果需要等待，它会耐心等着。
人们说它是瞎子，仇恨便是瞎子！
但它有神枪手的敏锐眼力，
只有它
才敢正视未来。

现实在要求

现实在要求，
这件事应该让大家知道：
生命在继续。
它在继续，无论是坎尼[1]还是鲍罗丁诺[2]，
是科索沃田野还是格威尼察[3]。
这是加油站，
在耶利哥的一个小广场上，
有刚油漆的座椅，
在白山[4]的下面，
信件已发出，
从珍珠港发往里斯廷斯。
一辆运送家具的卡车驶过，
切罗内雅[5]的狮子在注视它。

---

1 坎尼是公元前 216 年汉尼拔打败罗马军的地方。
2 鲍罗丁诺是 1812 年俄军打败拿破仑军队的地方。
3 格威尼察在西班牙。
4 白山在捷克的布拉格附近。
5 切罗内雅在古希腊。

而一股风暴的前锋，
正不可阻挡地移向
凡尔登附近繁花盛开的果园。

一切显得太多，
而虚无又被完全淹没。
从阿克兴[1]的游艇上
飘来了音乐声，
阳光下在甲板上翩翩起舞。

这么多事情在不断发生，
必然会在所有的地方延续。
只要有石头堆积着石头，
那儿就会有辆卖冰淇淋的小车，
被孩子们团团围住。

1阿克兴，希腊西部的一个角。公元前31年，曾发生屋大维和安东尼的海战，
屋大维胜，便成了罗马皇帝。

那里的广岛，
现在依然是广岛。
生产出许多物品，
以供日常的消费。

这可怕的世界，
并非没有诱人的地方，
并非没有黎明，
并非没有为之醒来的事物。

在马捷约维茨[1]的田野上，
草已成绿茵。
在草叶上面，和所有草叶一样，
有纯净透明的露珠。

---

1 马捷约维茨在波兰的克拉科夫附近。1794 年，波兰民族英雄科希秋什科
曾在此地打败俄军。

也许没有别的地方，

比战场更让人记住。

另一些早已被我们遗忘：

白桦林、雪松林，

白雪、黄沙、灰砾和彩虹般的沼泽，

以及充满了败仗的深谷。

要是有突然的需要，

你可以藏身在灌木丛里。

这里流淌出来的道德准则，也许根本没有。

而真正流出来的是迅速凝结的鲜血，

江河永远在流淌，云彩不停在飘荡。

在这悲剧的山隘上，

狂风刮走了头上的帽子。

这景象在嘲笑我们，

嘲笑我们的束手无策。

现 实

现实不会消失，
像梦境那样。
没有响声，没有钟鸣，
把它驱散。
没有叫喊，没有砰砰声，
使它惊醒。

梦中的形象
模模糊糊，含混不清，
它可以让人
作出许多的解释。
现实意味着现实，
这是个更大的谜题。

梦有自己的钥匙，
现实则自动敞开大门，
而且怎么也关不紧。
它尾随着

学校成绩单和星星，
它扔下蝴蝶
和老式熨斗里的"灵魂"[1]，
没有顶盖的帽子
和碎成片片的云彩，
结果是一个
无法破解的谜。

如果没有我们就不会有梦，
如果没有梦就不会有现实，
而梦是不可知的。

它是失眠的产物，
影响着每个人，
每个醒着的人。

---

1 老式熨斗不用电，里面装了一块火热的铁棒。这在波兰文中被称为"灵魂"。

梦并不疯狂，
只有现实才发疯。
哪怕是出于顽固，
紧紧抓住不放手，
抓住事件的进程。

在梦中，新近去世的人
依然还活着，
甚至身体康健，
恢复了青春活力。
现实把他的尸体
摆在我们的面前，
现实一步也不后退。

梦的反复无常
容许记忆把它们摆脱，
现实无须害怕被人遗忘。
它是一颗难啃的坚果，

它坐在我们的肩头上，
它重压着我们的心头，
它挡住了我们的脚步。

我们无法从它那里逃走，
它伴随我们的每一次行动。
在我们逃离的旅途中
并没有这样的车站，
会在那里等着我们。

悲哀的
计算

我认识这些人有多少，
（如果我真的认识他们）
男人，女人，
（如果这种区分仍然有效）
已跨过这个门槛
（如果这是门槛的话），
跑过这座桥
（如果可以称它为桥的话）。

多少人，在走过较短或较长的生命历程之后，
（如果他们看出这种差异的话）
以美好的人生开始，
以不幸的人生结束。
（如果他们不喜欢反过来说）
他们发现自己到了对岸。
（如果他们真是发现了自己，
如果对岸真的存在的话）

我无法确定，
他们未来的命运。
（如果真有一种共同的命运
或者只有一种命运）

一切
（如果我对这个词不加限定），
都已在他们的身后了。
（如果不是在他们的前面）

他们有多少人已跳过飞逝的时间，
并消失在愈来愈浓的忧伤中。
（如果可以相信前途的话）

多少人
（如果这个问题很有意义，
如果能算出最后的总数，
如果计算者无需把自己算入），

已经沉入最深沉的睡眠之中。
（如果不再有更深沉的话）

再见，
明天见，
下次聚会见。
他们不想
（如果他们不想）再重复
他们已注定要永无休止的
（如果不是别的）沉默。
他们只专注于这件事：
（如果仅仅是如此的话）
缺席对他们的要求。

空屋里的
一只猫

死——不要对猫这样做，
因为猫在空屋子里，
能做什么呢？
不是在墙边上蹿下跳，
就是在家具上摩擦身子。
好像这里丝毫没有改变，
然而却又完全变了样。
这里什么也没有挪动过，
但又样样东西都搬了家。
晚上也不再有点燃的灯光。

楼梯上传来了脚步声
但已不是原来的脚步声。
把鱼放进小碟子里的那只手，
也不再是往日放鱼的那只手。

这里不再发生任何事情，
像在往常的日子那样。

在这里，该做的事情
也没有人去做。
偶尔有人来到这里，
随后便立即消失了，
消失得无影无踪。

猫儿朝所有的桌椅望了望，
又窜过全部的书柜。
它还钻到地毯下面去察看，
甚至还违抗禁令
把纸张乱抛。
没有别的事情可做，
只有等待和睡觉。

盼望他快点回来，
盼望他早日出现。
他一定会知道，
不应该这样对待猫。

它会迎着他走去，
仿佛情不自禁，
慢慢地
用它那受了委屈的四肢，
向他走了过去，
再也没有跳跃或者尖叫。

告别
风景

我不悲春，
春已回大地，
我不会责怪，
年年春相似，
在尽自己的职责。

我知道我的忧愁
不会让新绿停止，
一根芦苇摇动，
那是风吹的缘故。

河边柳树成行，
不会使我痛苦，
是什么在沙沙响。

我听到一个消息，
他仍活在世上。
那个湖泊的堤岸

依然美景如昔。

我毫无怨言，
那阳光下令人炫目的港湾
真是美不胜收。

我甚至可以想象，
那不同于我们的两个人，
此时此刻正坐在
被砍倒的白桦树干上。
我尊重他们的
低声悄语、微笑
和幸福地沉默的权利。

我甚至敢于打赌，
是爱情把他们联系在一起。
他伸出有力的臂膀
将她紧搂在怀里。

也许是新孵出的小鸟
在芦苇丛中啼叫，
我真诚地祝愿
他们能够听见。

我对岸边的波浪
并不希冀有所改变，
浪花时猛时缓，
均不听从我的旨意。

我对林边湖水的色调
没有任何的要求。
时而碧绿，
时而湛蓝，
时而一片幽暗。

唯有一点我不同意——
让我回到那里，

这居留的权利
我愿把它放弃。

我比你经历较多，
但已足够我
从远方去想念你。

戏法表演

偶然事件表演它的戏法，
从衣袖里变出一杯白兰地，
让亨利克坐在酒杯上。
我走进饭馆，突然像被钉子钉住了。
亨利克不是别人，
他是阿格涅什卡的丈夫的弟弟，
而阿格涅什卡又是
佐霞舅妈的表兄的亲戚。
这么说来，
我们是同一个祖先。

在偶然事件的手中，
时而弯曲时而伸展，
时而变大时而变小，
刚才还是一张桌布，
转眼便变成了手绢。
你猜猜，在多年之后，

在加拿大，在别处，
我碰见了谁？
我原以为他死了，
他却在奔驰车里，
在飞往雅典的飞机上，
在东京的体育场中。

偶然事件的手里转动着一个万花筒，
筒里有无数的彩色玻璃在转动。
雅霞的玻璃突然碰上了马尔戈霞的玻璃，
发出了嚓嚓嚓的响声。
你设想一下，就在同一家旅馆，
面对面地站在电梯里。
在玩具店里，
在鞋匠街和雅盖沃街的交叉口上。

偶然事件被裹在一件斗篷里，

里面的东西不见了又被找到，
我情不自愿地被绊了一下，
我弯下身去又站了起来。
我看了看，这是把汤勺，
是偷来的餐具中的一件。
如果不是因为那只手镯，
我会一直认不出那个奥拉来，
也不会发现普沃茨克的这口钟。

偶然事件深深地观察我们的眼睛，
我们的头越来越感到沉重。
眼皮垂下。
我们想笑，想哭。
真是令人难于相信——
在这艘船的四等 B 座中，
必定会有什么东西，
想对我们大喊：

世界多么小，
你伸开臂膀
就能轻易抱住。
短时间，我们无比欢欣，
一种灿烂的假快乐。

一见钟情

他们两人都深信，
是一种突发的激情联结着他们。
这样的自信是美丽的，
但犹豫不定更美丽。

既然他们素不相识，于是两人都认定
他们之间从未有过任何的瓜葛。
也许在街上、楼梯和走廊上，
他们早就擦身而过。

我想问问他们，
难道他们都不记得
也许在旋转门里，
曾面对面地碰在一起？
或许在拥挤时说过"对不起"？
或许是话筒里的"打错了"的致歉声？
——然而，我早就知道他们的回答：
是的，他们都不记得了。

他们感到惊异，当他们得知，
缘分已玩弄了他们
很长的时间。

他们尚未完全做好
改变命运的准备，
命运时而拉近他们，时而疏离他们，
阻挡他们的去路。
抑制住乞乞的笑声
然后又闪到一旁。

曾有过一些迹象和信号，
他们不能解读无关紧要，
也许是在三年前，
或许是在上个星期二，
有一片叶子
从这人肩上飘到另一人肩上？
也许是件东西丢掉了又捡了回来？

谁知道，也许是消失于
童年丛林中的一只皮球？
也许是他们早先
就一再触摸过的
门把手和门铃，
并排放在寄存处的手提箱。
也许在同一个晚上，
他们做着一样的梦，
醒来之后便变得模糊不清。

然而每个开始
都只是它的继续，
那本充满故事的书本，
总是在半中间打开。

一九七三年
五月十六日

这是许多日子的一天，
那些日子对我说来已成过去。

那天我到过哪里，
做过什么——我都不知道。

即使附近有人犯罪
——我也无法证明我不在场。

太阳升起和西沉，
均未引起我的关心。
地球的转动，
记事本上也无记载。

一想起不久将会死去
要比我什么也不记得
反而心情更加轻松，
虽然我一直都还活着。

我不是个鬼魂，
我呼吸，我吃喝，
我步履稳健，
能踩出声响。
我手指的指纹
一定会留在门把手上。

我曾在镜子里端详过自己，
发觉我身上出现了某种颜色。
一定有几个人看见过我。
也许就在这一天里，
我找着了我早就丢失的东西，
也许我又把找回来的东西丢失了。

我充满了感情和印象。
现在这一切
有如括号里的小点点。

我在哪里闭门不出，
我在何处隐居独处。
这是个不坏的主意，
让自己从人群中消失。

我摇动着记忆之树，
也许在它的枝杈上
有长年沉睡的东西，
会随着响声抖落出来。

不，
我的要求显然过分，
因为连一秒钟也不放过。

也许
这一切

也许这一切
正发生在实验室中？
白天是在一盏灯下，
夜里是在亿万盏灯下？

也许我们是被实验的一代？
从一只瓶里倒入另一只瓶里，
在蒸馏瓶里摇摆晃动，
不仅被肉眼仔细观察，
还会一个一个地
被镊子取出？

也许会是另一番情景：
没有任何的干扰，
完全按原来的计划
去进行自身的变化？
那根画曲线的细针

会缓缓刻出预定的锯齿形？
也许我们至今都没有惊人之举？
监视控制器也很少接通？
也许只有战争，而且是大战，
战火才会在地球的丛林里燃起，
大批的难民才会从 A 地迁到 B 地？

也许情形正好相反：
他们只热衷于细节、插曲？
在巨大的银幕上，一个小姑娘
正在给自己的袖子缝纽扣。
传送机发出尖锐刺耳的响声，
工作人员在快速地奔跑。
啊，可爱的小姑娘，
你那小小的心脏
正在你的胸膛里激烈跳动！
你穿针引线时的严肃劲儿，

该是多么令人感动！
有人在大声喊叫：
快去告诉我们的长官，
让他亲眼看看这景象！

小喜剧

如果有天使，
他们也许不会
读我们的小说，
关于希望落空的故事。

我们也担心——很遗憾——
他们不会读我们的诗，
带有对世界的冷嘲热讽。

我们戏剧艺术中的
一切叫喊、一切痉挛，
必定会——我估计——
使他们坐立不安。
在他们天使的——非人的
——活动过后的休憩时刻，
也许他们会去看
我们默片时期的
那些陈旧的喜剧影片。

与我们悲哀的哭泣、
戏装的打扮
和咬牙切齿的表情相比，
他们也许——我想——
更加欣赏
那个魔鬼的表演：
他抓住溺水者的头发，
或者由于饥饿
在啃自己的鞋带。
腰带上面是胸罩和呼气，
下面的裤脚里面
是一只惊慌失措的老鼠。
啊，是的，
他就是这样来取悦他们。

老鹰抓小鸡，
变成了在逃跑者面前的逃跑。
地道里的那道光，

原来是老虎的眼睛。
一百次灾祸，
就是在一百个深渊之上
翻一百个令人惊心动魄的跟头。

如果有天使，
就应该——我希望——
让他们相信
这种在惊险中翻滚的欢乐，
连呼救都无法呼救，
因为这一切都发生在寂静中。

我敢大胆地设想，
他们会晃动他们的翅膀，
而从他们的眼里
流出的至少是欢笑的眼泪。

没有
馈赠

没有馈赠，全部是借来的，
我已是债台高筑。
我不得不用
自身去抵债，
用性命去偿还。

这全是命中注定：
心要还债，
胃要还债，
连每个手指也不例外。

中断合同的条件为时已晚，
债务已把我完全牵扯进去，
甚至连同我的这一层皮。

我踯躅在世界上，
在另外一群负债者中间。
有的人不得不

付出自己的翅膀，
有的人不由自主
用每一片树叶去偿还。

我们所有的血管
都站在"应该"一边，
没有一根汗毛、一个器官
能够保存到永远。

账本非常清楚，
而且一目了然，
我们已是一无所有。

我无法想起
何时、何地以及为何借债，
只好亲手打开
这本账簿。

向它提出的抗议，
我们称之为灵魂。
现在只有这唯一的东西
没有列入这本账簿中。

事件的
另一种说法

如果他们当真让我们选择，
我们也许会难以抉择。

我们被赐予的身体并不适合，
而且磨损得惨不忍睹。

各种用来充饥的方式，
都使我们感到厌恶。
我们十分反感
不是自由继承下来的性格特征，
以及那些专横跋扈的腺体。

那个应该怀抱我们的世界
正在不断地土崩瓦解，
因果关系破坏了它。

那特别命运中的大部分
任由我们去考察，

但我们都拒绝了，
悲伤而恐惧地拒绝了。

出现了这样的问题，
值不值得在痛苦中
分娩一个死婴。
既然航船永远不能抵岸，
为什么还要去当水手。

我们赞成死亡，
但不赞同所有的方式。
我们被爱情吸引，
不错，但必须是
兑现承诺的爱情。

我们被评价得模棱两可
和艺术作品的短暂性
吓得退避三舍，

不敢去为艺术服务。

人人都想要一个没有邻国的祖国，
都想在两次战争中间
度过自己的一生。

没有人想去掌握政权，
或者屈服于别人的统治。
谁也不想做牺牲品，
为了自己或别人的幻想，
也不愿成为集会
和游行的志愿者。
更不愿参加衰亡的部落
——没有它们，历史
便无法穿越
预见到的世纪。

如今有大量的

灿烂辉煌的星辰，
已经变得又暗又冷，
现在正是作出决定的时刻。

在坚持提出许多条件之后，
终于出现了应聘者，
申请探险家和医生的工作，
几个难以出名的哲学家，
几个无名的园丁
以及艺术大师和乐师的职务。
——虽说没有别的报名者，
即使这几项工作
也无法得到实现。

需要对整个事情
再作一次认真的考虑。

我们参加一次复杂的旅行，

我们一定会从这次旅行中
迅速而又坚决地回来。

一次到永恒之外的居留，
说到底它依然是单调乏味，
而且明知道任何行动
都不会永远再次出现。

我们开始怀疑
是否可以预见这一切，
真的可以知道一切。

是否预先有了选择自由，
究竟是不是一种选择。
如果把它忘记，
事情是否会更好。
如果需要选择，
那就去选择别的。

我们已考察过地球，
那里有一批冒险家。

另有一种弱小的植物
紧附在岩石上。
它盲目地相信
风不会把它连根拔起。

一只不很大的动物
正在掘洞逃走，
对它的决心和希望我们感到疑惑不解。

我们觉得自己过于谨小慎微，
卑鄙自私，滑稽可笑。

不久之后我们的队伍会越来越少，
那些缺少耐心的人已在某地消失。
他们是最先走进火里去的

——是的，这是明白无误的。
他们正在一条真实河流
的陡峭河岸上将火点燃。

有几个人
甚至已动身回来，
但不是我们这个方向，
好像还带着一些战利品？

这是伟大的
幸福

这是伟大的幸福，
我们活在什么世界上，
连自己也不清楚。

也许应该
生活得非常长久，
比世界本身
还要更长更久。

为了进行对比，
应去了解别的世界。

让我们超越于身体之上，
而身体不能很好地完成
像如何限制
和创造困难这一类事情。

为了研究的成果，

图像的清晰
和最终的结论，
应超越于时间之上。
时间会使一切都卷了进去。

从这一远景出发，
你们应该永远告别
细节和插曲。

为了应付时日，
必须付出
毫无意义的行动。

把信件投入信箱，
那是青年时期的愚蠢举动。

一块"不能践踏草地"的牌子
更是精神错乱的提示。

CHWILA

WISŁAWA SZYMBORSKA

2002

瞬间

瞬 间

我走在翠绿丘陵的斜坡上，
草地长满了各种各样的野花，
就像给孩子们的图画。
云雾迷漫的天空显露出蔚蓝色，
其他山丘的景色在寂静中展开。

这里没有任何的寒武纪、志留纪，
发出响声的岩石，
堆积而成的深渊，
没有光亮的夜晚
和处在漆黑中的白天。

好像这平地没有移动过，
在发烧的热病中，
在酷冷的抽搐中。

仿佛只有别处的大海在咆哮
冲击着陆地的堤岸。

当地时间九点三十分，
一切都在原地而且排列一致。
平原上的小溪就像小溪，
小路永远永远都是小路，
森林世世代代都有森林的外表，
空中飞翔的鸟起着飞翔鸟的作用。

目力所及，这里就是一瞬间，
地球上的瞬间之一，
请求它持续下去。

在众生之中

我就是我，
一个无法理解的偶然，
如同每个偶然。

我很可能拥有
不同的祖先，
我已从另一个巢穴
展翅飞走。
或者身披外壳
从另一棵树下爬出。

在大自然的衣柜里
有许多服装。
有蜘蛛的海鸥的和田鼠的，
每一种都极其合身，
而且尽忠尽责
直到穿破。

我既没有选择，
但也没有抱怨。
我原本可以是个
不那么离群的人，
蚁群、鱼群、
嗡嗡叫的蜂群的一员，
被风吹乱的风景的一部分。

一个不大幸运的东西，
因身上的毛皮，
或在节日的宴席上，
一个在玻璃下游动的东西。

一棵扎根于大地的树，
大火正朝它逼近。

草叶受到逃跑人群的践踏
他们由于无法理解的事件。

一种黑暗星星的典型
却为别人而发亮。

啊，我怎么办，假如
我只能在人群中引起
恐惧，或者只是憎恶，
只是让人怜悯？

假如我不是出生在
本该出生的那个部落，
我前面的道路全遭封闭？

到目前为止，命运
对我一直仁慈。

我可能从未被赋予
对美好时光的记忆。

我可能早已被夺去
善于对比的才能。

我可能只是我自己，
毫无惊人之处。
这也意味着
我是个截然不同的人。

云

要描写云彩
需要特别快捷。
因为一眨眼
它们就会化为别的东西。

它们的特性：
形状、色调、
姿态、结构
从不重复。

不受记忆的重压，
便能轻易地凌驾于事实之上。
它们怎么能成为别的事物的见证，
它们会立即飞向四面八方。

和云彩相比，
生活更牢固：
它经久不变，

几乎是永恒。
在云彩身边，
连石头也像是兄弟，
可以成为我们的依靠，
而云彩只会是轻浮的远房表亲。

让想要生活的人生活下去，
而后才让他们依次地死去。
云彩对于这一点，
对所有的一切，
都会毫不奇怪。

在你的整个生活中
和我的，还不是全部，
它们都在华美壮丽地前行。

它们没有义务和我们一起死去，
它们飘动时，无须让人看见。

底 片

在灰暗的天空中，
有朵更灰暗的云，
被太阳镶上黑圈。

不管是左边，还是右边，
白樱桃树枝上开出黑色的花。

明亮的阴影投射在你脸上，
你坐在桌旁，
把灰色的双手放在桌上。

你给人留下幽灵的印象，
却试图摆出活人的姿态。

（因为我是活人中的一员，
就应该对他有所表示，向他问候：
晚安，也就是早安，
告别，也就是欢迎。

也可以向他提出问题，
但无需他回答。
不管是涉及生活，
还是寂静后的暴风雨。）

话 筒

我梦见我醒了，
因为电话铃响。

我确实梦见，
是死人打来的电话，

我梦见我伸出手
去拿话筒。

只是这话筒
和以往的不同。
它要重一些，
好像黏有什么东西，
里面灌进了什么，
把根须紧紧缠住，
我必须用力把它
连同整个地球
一起拔了起来。

我梦见我的努力
徒劳无益。

我梦见寂静，
因为铃声不响了。

我梦见我睡着了，
又重新醒来。

三个最奇怪的词

当我说出"未来"一词，
第一个音节便已成为过去。

当我说出"寂静"一词，
我就立即打破了这种寂静。

当我说出"乌有"一词，
我就在创造一种无中生有。

植物的
沉默

我和你们之间只是单向关系，
进展得还算顺利。

我知道叶子、花瓣、穗子、球果和根茎为何物，
也知道四月和十二月你们会发生什么事情。

虽然我的好奇得不到你们的回应，
我仍会特意给你们的一些弓身曲背，
为你们中的另一些伸长脖子。

我这里有你们的名字，
枫树、牛蒡、地钱，
石楠、杜松、槲寄生、勿忘我，
你们却没有我的名字。

我们正一起旅行，
在旅行中相互交谈，
交换意见，至少是关于天气，

或者是急驰而过的车站。

不可能缺少话题，我们关系密切，
同一个星球使我们相距很近，
我们依据同样规则投下影子，
我们试着以各自的方法去了解事物，
即使我们不了解，也有相似之处。

你们尽管问吧，我会尽我所能回答：
眼睛看到了什么，
为什么我的心在跳动，
为什么我的躯体没有生根。

可是，要如何去回答没有提出的问题，
尤其是，这个提问的人
在你们看来是如此地渺小。

矮树林、灌木丛、草场和灯心草，

我对你们说的这一切都是独白，
你们都无法听见。

和你们交谈虽然必要，但不可能，
在仓促的人生中如此急迫，
却被永远搁置下来。

柏拉图，
即为什么

不确定的原因，
陌生的地方，
足够理想的生存。
而且坚持下去，直到永远，
在黑暗中修整，在明亮中练就，
在其对世界的朦胧的花园中。

真见鬼，为什么要在不好的
物质伙伴中去寻找印象？

那些粗鲁的人，倒霉的人，
仿效的人，没有永恒的前景
对他又有什么用？

跛脚的聪慧
后跟上有根刺？
翻腾的水流
破坏了和谐？

美，
其中心带有不吸引人的缺陷。
善
——为何有阴影？
如果它早先没有。

一定有某种原因，
也许表面看来不重要，
就连赤裸裸的真实
也不会把它泄露。
它正在抖动人间的衣柜。

此外，那些可怕的诗人，柏拉图，
一口气吹走雕像下面的碎屑，
打破高原上的深沉寂静……

小姑娘
扯动桌布

他来到这个世界已一年有余，
他对这世上的一切并未渗透，
也未受到他的监控。

现在这些事物受到检验，
它们自己无法移动。

它们应该得到帮助，
需要推一把，移动一下，
从原地把它们挪走。

但有的就不愿意，比如沙发、
酒吧、无法移动的墙、桌子。

不过，摆放在桌子上的桌布
表现出想要挪动的愿望，
如果能好好抓住它的边角。

但桌布上有杯子，盘子，
牛奶壶，勺子和碟子，
都很愿意地抖动着。

特别好奇的是，
它们会选择哪种，
它们已在桌边摇动：
是在柜子里移动，
还是围着灯飞？
或者跳到窗台上，
再从窗台跳到树上？

牛顿先生还未打算做什么，
就让他从空中望着，擦着双手。

这样的考验现在和将来
都必须进行。

回 忆

我们在一起聊天，
突然都停了下来。
一位少女来到了凉台，
啊！真美，
太美了，
有如我们在这里的平静生活。

巴霞惊慌地看了她丈夫一眼，
克里斯蒂娜无意伸出的手
握住兹贝舍克的手。
我在想：我要给你打电话，
告诉你，还不用急着来。
天气预报这几天要下雨。

只有寡妇阿格涅什卡
满脸笑容地欢迎美女。

水洼

我对童年时的这种恐惧还记忆犹新，
我避开水洼地，
尤其是雨后新出现的水洼，
外表和别的水洼一样。

我一脚踏入便突然全身陷入，
开始朝水底下沉，
越沉越深，
朝着乌云的方向，
继续下沉。

后来水洼干涸了，
在我的上面封闭了起来。
我一直都在挣扎，什么地方，
还用那无法传到外面的喊叫。

直到后来才明白
并不是所有的经历

都列入世界的规则之中，

即使它们愿意

也不可能发生。

初 恋

他们说：
初恋最重要。
它特浪漫，
但这不是我的经历。

在我们之间似有什么，又没有什么。
发生了什么，又过去了。

我的双手没有发抖，
当我翻动那些小纪念品。
一捆用绳子绑着的书信，
要是用丝带更好。

多年后我们仅有的一次见面，
两把椅子，隔着
一张小桌谈话。

其他的爱情，

至今仍在深深地激动着我，
让我透不过气来，无法呼吸。

恰好就是这样的爱情
才能做到其他爱情所不能做到的。
不被怀念，
甚至不再梦见，
使我习惯与死神相处。

谈谈
灵魂

这里所谈的灵魂，
没有人能不间断地
或永远地拥有它。

日复一日，
年复一年，
没有它也能过得去。

有时只是在童年的
欢乐或恐惧中，
它才会留住得久些。
有时只是会感叹
我们已是老人。

它很少帮助我们，
当我们从事繁重工作时。
譬如搬动家具，
抬运行李箱子，

或脚穿紧鞋去走长路。

在填写表格
或切肉时，
它照例会走开。

在我们上千次的谈话中，
它只会参加一次，
而且并不必须开口，
因为它宁愿沉默。
当我们身体的疼痛开始加剧时，
它便偷偷地从岗位上溜走。

它很挑剔，
不喜欢看到我们在人群中，
厌恶我们在为利益而斗争，
以及经营的吱吱嘎嘎声。

喜与悲，
它不认为是两种不同的感受。
只有当它们融为一体时，
它才会和我们一起。

我们可以依靠它，
当我们对一切都怀疑，
当我们对一切都好奇。

在所有的物品中，
他喜欢带钟摆的钟
和不辞辛劳的镜子，
即使无人在看它。

它从不说它从何处来，
也不告诉它何时离去，
它显然在等待这些问题。

它看起来
就像我们需要它，
而我们
对它也有某种需要。

太早的
时间

我还在睡觉，
这时却出现了这些事实，
窗户发白
黑暗变淡，
房间在摆脱昏暗，
白色光线寻找它的支持。

依次地、并不匆忙，
因为这是一套仪式，
先是天花板和墙壁，
露出各自的形态。
一个与另一个不同，
左边和右边也有差异。

显示出物品之间的距离，
第一缕光线反映在
玻璃杯上，门把手上。
已经不仅感觉出，

而是完全显示出
昨天搬动过的物品，
掉落在地板上的东西，
摆放在框里的，
现在只有细节
尚未进入我们的视野。

注意，注意，请注意，
颜色已经能看清了，
连最细小的事物也都露出原形，
以及它所投射的阴影。

我很少感到惊异，这是应该的。
我醒来时通常是作为迟到的证人，
这时候，奇迹已发生，
白天已是确凿无疑了，
黎明已巧妙地变成了早晨。

在公园里

唉——男孩惊异问道：
这个女人是谁？

这是慈悲女神的雕像，
或者是这一类的东西——
妈妈回答。

可是，为什么这女人
都像是……被砍过的？

——我不知道。但我记得
她一直就是这个样子。
每座城市最后都要做点什么，
要么把它扔掉，要么重建。
诺，好啦好啦，我们朝前走吧。

统计的
补充

在一百个人当中
一切都了如指掌的人
——五十二个。

步步都迟疑不决的人
——几乎全部剩下的人。

乐于助人
但不能坚持长久的人
——竟有四十九个之多。

永远善良
从不使奸弄诈的人
——四个，也许五个。

不带妒意而能欣赏他人者
——十八个。

生活在对某人某事的
长久恐惧的人
——七十七个。

善于自得其乐者
——最多二十来个。

单独时无害
集体时粗野好斗者
——肯定超过半数。

受环境所迫而变得残酷的人
——这个还是不要知道的好，
哪怕是估摸的数字。

事后聪明者
比有先见之明者，
——人数大致相同。

除了物质别无他求的人
——四十个。
但愿我的计算有错。

驼背、疼痛者，
黑暗中没有提灯的人
——八十三人。

正直的人，
可说是相当不少，
竟有三十五个。

而能把正直
和理解结合在一起的人，
只有三个。

值得同情者
——九十九人。

终究会死的人

——百分之百。

这一数字至今没有改变。

某些人

某些人逃离另一些人
在太阳和云彩之下
的某个国家。

他们扔下了自己所有的一切，
已播种的田地，一些鸡和狗，
还有映照出烈火的镜子。

他们背着水罐和行李袋，
里面的东西越空
反而显得越加沉重。

出现了悄无声息的倒毙，
有些人的面包遭抢夺而喧闹，
有些人在摇动昏迷的孩子。

他们前面总有一条不该走的路，
总有一座不是他们要过的桥。

横跨在红得怪异的河上，
周围响起枪声，时近时远，
头上有架飞机在盘旋轰鸣。

会点隐身术倒是很有用，
能像灰色石头那样坚硬，
若是能让自己消失更好，
即使一段时间或时间更长。

总有某种事情发生，
只是何处和何事的问题，
总有人出来反对他们，
只是何时和何人的问题，
以何种形式，抱何种意图。
如果他能够选择
他就不想成为敌人，
就会允许他们活下去。

九月十一日
的照片

他们从着火的楼层跳下：
一层、两层，还有好几层，
高一些，低一些。

照片保留了他们生前的形象，
现在却已埋藏在
泥土之中。

每个人都还完整，
都有一张被鲜血
遮住的脸孔。

还有足够的时间
把头发吹散。
从口袋掉下了
钥匙和一些小钱。

在空气的范围里，

在单独的地方，
现在正好开放。

现在我只能给他们做两件事——
描写这次飞行，
也不增加最后的词句。

回来的
行李

坟场小墓中的营地，
我们长命的人特意将它绕开，
如同富人绕开穷人窟。

这里躺着佐霞、雅切克和多米尼克，
他们过早地被夺去了太阳、月亮，
年轮，云彩。

他们会在返回的行李中
留下不多的景色断片，
数量并不很多。
一部分空气和飞翔的蝴蝶，
一小勺苦味的药液。

有些轻微的不服从，
其中不乏致命的。
公路上欢快地追逐皮球，

在光滑冰面上滑溜的欢乐。

他和她站在一起，他们在岸上，
当他们还未长大成人，
弄坏了钟表，
打破了第一块玻璃。

玛尔戈扎塔，四岁，
其中有两年躺着，望着天花板。

拉法韦克，差一个月五岁，
而佐奇在冬天节日里
因严寒而透不过气来。

那就更谈不上一天、
一分一秒的生活。
黑暗和灯光，又是黑暗？

马克洛斯的宇宙，

赫罗诺斯的奇谈怪论，

只有古代希腊语才有这些词汇。

舞 会

直到现在我还不太确信，
因为没有得到任何信息。

直到现在也还不知道地球
与或远或近的星球有何不同。

直到现在既没看到也没听见
那一直敬畏大风的小草，
和戴上王冠的其他大树，
以及证明是我们的其他动物。

直到现在，除了本地语言，
再也听不见用别的字母拼写的语言。

直到现在，没有任何有关
莫扎特、柏拉图、爱迪生的消息。

直到现在，我们的罪恶，

只能在它们内部进行竞争。

直到现在，我们的善举，
跟什么都大不一样，
就连特别的也还不是至善至美。

直到现在，我们的脑海里充满幻觉，
那我们就会成为满脑子都是错觉的人。

直到现在，我们只有大喊大叫
才能上达天庭。

在此地的消防队里，我们才感到
自己是特殊而与众不同的客人。
让我们随着当地乐队的节拍跳舞。
但愿这场舞会，
是世上最好的舞会。

我不知道，别人的感受怎样，
但对我说来，不管是幸福
还是不幸，都已经够了。

这个乡村并不漂亮，
星星却向它道了声晚安。
还朝着它的方向
轻轻地眨巴着眼睛。

记事本

生活——唯一的方式，
为了像叶子一样生长，
在沙地上呼吸，
它振翼飞翔。

成为一只狗，
或者抚摸它那暖和的毛。

把疼痛和不是他
身上的一切区分开来。

安置在事件中，
对风景感到惊异，
寻求最小的误会。

特殊的机遇，
以便瞬间能记住，
在熄灭的灯旁，

相互交谈的内容。

人生至少有一次
被绊倒在石头上，
被某次雨水淋湿，
把钥匙掉在草丛里，
用眼神注视风中的火星。

接连不知道
那些重要的事情。

目　录

我在整理问题的目录，
我不再期待它们的回答了，
因为，要么是太早
要么是我无法理解。

问题的目录很长，
涉及重要和次要的问题，
为了不使你们厌烦，
我只提出其中的一些：

什么已成为现实，
那些刚刚才出现
在这个世界的星光灿烂
和星光下的舞台上。
哪里除了入口
就是必走的出口。

什么是整个活生生的世界，

而我还来不及拿它
和别的世界进行对比。

明天的报纸
又会写些什么。
战争何时停止，
之后又会出现什么。

这个可爱的戒指
是在哪根手指上。
它被偷了——遗失了。

哪里才是自由意志之地，
既能让你同时去实行
或者不去实行。

这几十个人怎么办——
我们是不是真的认识。

是不是让我试着说说 M，
这时候她已不能说话了。

为什么我会把坏的
看成是好的。
为了不再犯错
我还需要什么？

有些问题
是我临睡前才记下来的。
醒来之后
我已认不出它们了。

我常常抱怨，
这编码的正确性。
但是，这同样是个问题，
它过去曾离我而去。

一 切

一切——
无耻而又高傲的词句
都应该写在括弧里。
假装成什么都没有消失，
而是集中、包含、拥有和具有。
然而这时候它只是
狂风暴雨的一部分。

WISŁAWA SZYMBORSKA

（1923年7月2日—2012年2月1日）

维斯瓦娃·希姆博尔斯卡

波兰作家，诗人，翻译家

当代最迷人的诗人之一，享有"诗界莫扎特"的美誉。于 1996 年获得诺贝尔文学奖，是文学史上第三位获得该奖的女诗人。

她常以简单的语言传递深刻的思想，以精微的隐喻开启广阔的想象空间。

她的作品意象丰富、素材鲜活，于幽默中暗藏讥讽，以精确的讽喻揭示了历史及人类与自然、宇宙的关系。

图书在版编目（CIP）数据

在喧嚣和寂静之间 / （波）希姆博尔斯卡著；林洪
亮译. － 上海：东方出版中心，2020.11
　　ISBN 978-7-5473-1727-3

　　Ⅰ. ①在⋯ Ⅱ. ①希⋯ ②林⋯ Ⅲ. ①诗集－波兰－
现代 Ⅳ. ①I513.25

中国版本图书馆CIP数据核字（2020）第215269号

w.s.

THE WISŁAWA SZYMBORSKA FOUNDATION

All works by Wisława Szymborska © The Wisława Szymborska Foundation,
www.szymborska.org.pl

著作权合同登记图字：0920181123号

在喧嚣和寂静之间

著　　者　〔波〕维斯瓦娃·希姆博尔斯卡
译　　者　林洪亮
统筹策划　郑纳新　张馨予
责任编辑　张馨予
装帧设计　付诗意

出版发行　东方出版中心
地　　址　上海市仙霞路345号
邮政编码　200336
电　　话　021-62417400
印 刷 者　上海盛通时代印刷有限公司

开　　本　787mm×1092mm　1/32
印　　张　6.25
字　　数　235千字
版　　次　2021年1月第1版
印　　次　2021年1月第1次印刷
定　　价　46.00元